奇妙旅行

TOSHINOBU KOJYO

古城十忍

而立書房

奇妙旅行

TOSHINOBU KOJYO

古城十忍

而立書房

奇妙旅行

■登場人物

女0＝娘
男1＝その父
女1＝その母

男0＝息子
女2＝その母
男2＝その義父

男3＝案内人
女3＝付添人
女4＝待合の女

①パッキング

床にボストンバッグがひとつ。

男1、枕を抱えてまっすぐに立っている。

出し抜けにハンカチを出して手のひらの汗をぬぐい、「人々」に向かって話し始める。

男1 「旅の恥は掻き捨て」とはよく言ったもんです。旅先でなら、どんなブザマも、トンデモナイも、捨てられるってことですからね。毎日の生活が「日常」なら、旅は「非日常」。そこで何が起こったとしても、それを日常に持ち帰る必要はない。つまり、すっぱり忘れていいってことです。ですから旅には、「何を」持っていくのか。これが肝心です。（ハンカチをしまう）持っていくものはできれば、洋服から何から、ひととおり新しく買いそろえたほうがいい。使いなれたものが鞄から出てきたんじゃ、せっかくの非日常は台なしです。日々の暮らしを思い起こさせるものは決して持っていかないこと。読みかけの本もダメ、必ず真新しい小説を1冊。音楽もCDの新譜を1枚、それもふだんはまず聞くことのないジャンルのもの。それに身の回りのこまごました、髭剃り、爪切り、シャンプー、下着はもちろん、（枕に気づき）あ、これはいいんです、これは特別。旅先でも安眠は何より貴重。なにも枕まで買いそろえることはない。そこまで冒険しなくていいんです、旅は冒険じゃないんだから。

とにかくコレ以外。コレ以外は残らず真新しいものをバッグに詰める。それさえ心がければ旅は、そう、それこそ夢の中の散歩。思うぞんぶん羽目を外せるってもんです。

男1、枕を入れようとボストンバッグを開ける。
と、中にはすでに何か入っている。取り出してみると、大きなバケツである。
男1、不審がりながらバケツを抱えて立ちあがる。
ふと、バケツに耳を澄ましてみると、底のほうから激しい息づかいが聞こえてくる。
男1、たちどころに全身が硬直、両の眼が大きく見開かれてゆく。
息づかいが近づいてくる。獣のような嗚咽に取って代わる。
男1の顔、ぐにゃあり、と歪む。両の眼は飛びださんばかり。
悲鳴がとどろく。呻き声が地を這う。そして静寂が訪れようとした途端――。
突如、中空から、男の抱えるバケツに血が大量に降ってくる。
だぼだぼだぼっ、と凄まじい音をたてて、血はバケツにおびただしく降り注ぐ。
男1、はね返る血をどうすることもできない。硬直している。
やがて降り注ぐ血が止む。そして静寂が訪れようとした途端――。
けたたましく目覚まし時計の音が鳴り響く。
男1、ボストンバッグを振り返って見る。
するとバケツは男1の手を滑り落ちて、地の底に吸い込まれ跡形もない。

男1、ボストンバッグから手探りで時計を出して、アラームを止める。
小さいリュックを背負って、女0が現れる。

女0　ごめん、あたしの目覚まし、そっち入れちゃった。
男1　これも新しいの買ったほうがよかったんじゃないのか？
女0　いいのよ、それで。下着は新しいの、2枚入れといたからね。
男1　足りないだろう。
女0　まだ春先よ。汗かかない。
男1　（ハンカチを出しつつ）汗にもいろいろあるじゃないか、寝汗、冷や汗。脂汗。
女0　かくの、そんな汗。
男1　いや、どうだろう……。（汗を拭いている）
女0　この枕、何？
男1　あ、入れといてくれ。
女0　………。
男1　入るだろ？
女0　引っ越しじゃないのよ。
男1　眠れないんだよ、枕が変わると。そういう質《たち》なんだよパパは。
女0　……知らなかった。

男1　うん……。（ハンカチをしまう）
女0　……。そんなパパって、なんか、やだ。
男1　やだって、やだってお前、パパ、やっとこの枕に巡り会えたんだぞ。有名寝具店かけずり回って、通販であちゃこちゃ買いあさって、やっと。
女0　でも、いや。
男1　なんで？
女0　日常生活の代表選手だよ、これ。
男1　お前だって目覚まし、いつも使ってるの持ってくじゃないか。
女0　だってあの音じゃないと起きられないもの。
男1　起きられないのはかまわないだろう、いつもと同じようにきっかり起きなきゃいけないってわけじゃない、旅行なんだから。
女0　だったら眠れないのもかまわないじゃない。
男1　お前、起きられないのと眠れないのと、どっちが苦しいと思う？
女0　パパはどっちが辛いと思う？
男1　……起きられないほうだ。
女0　そう、目覚めない私はとっても不幸せ。
男1　――そうだな。思いきって冒険してみるか。
女0　冒険？

男1　枕、新しいの買って。
女0　新しい古いの問題じゃなくて。だいたい役に立たないじゃない。
男1　立つよ十分。
女0　立たない。
男1　立つって。だってまだ入るだろう、うまいこと詰め込めば。（とバッグの中を漁り）なんでガムテープが入ってるんだ？
女0　1個あると便利なんだよ、荷物まとめるのに重宝するし。
男1　なるほど。
女0　あと手足ぐるぐる巻きにしたり、口塞いだり。
男1　……。
女0　その気になればの話。
男1　……。（とバッグの中を漁り）痛ッ……。
女0　あぁ気をつけて。
男1　（タオルにくるまったものを取り出し）これ出刃包丁じゃないか。
女0　髭剃りだよ、それ。
男1　髭剃り？
女0　便利じゃない、1回で剃れる面積も広いし。
男1　そうか。髭剃りか。丸ごと水洗いできるし手入れも簡単だもんな。（と、大きなハサミを出して）

女０　これは？　枝鋏だろう？
男１　爪切りよ。
女０　ああ、そうか、足の爪ならパッチンパッチンできちゃうな。深爪には気をつけてっと。（と、取り出して）このロープは何に使うんだ？
男１　洗濯ロープよ。
女０　太すぎないか？
男１　太いほうが絞めやすいんだって。
女０　そうだな、絞めやすいってことは悪いことじゃないよな。絞めにくいよりは絞めやすいほうが、
男１　（と、液体の入った瓶を取り出してラベルを読み）これは硫酸⁉
女０　効くよ、硫酸シャンプー。
男１　溶けるだろ、髪も皮膚も。
女０　パパが使わなくったっていいのよ。一緒に旅する人がちょっとシャンプー貸してくれませんかって、そういうシチュエーションあるかもしれないじゃない。（続いて男１が取り出したものを見て）あ、それはスタンガン。
男１　こんなものまで買ったのか？
女０　いいよぉ。強力だし、体のたうちまわるよ。
男１　（ゴルフクラブを取り出して）これは？　これはどう見たってゴルフクラブのドライバーだろ。
女０　そうだけど、いざっていうとき頭かち割れるよ。パパ言ってたじゃない、ゴルフボールをママの

頭だと思うとフルスイングできるって。

男1 ……。（チェーンソーを取り出す）

女0 ちょっと奮発しちゃった。

男1 ………。

女0 あれ……？

女0、バッグをのぞき込むと、まだ何か入っている。
引っ張り出してみると、出来損ないのマネキンのような「人形（♀）」が出てくる。
女0、その人形（♀）を抱えて男1に向かって戦闘態勢をとらせる。

女0 かかってこい。俺が敵だ。さぁかかってこい。かかってきやがれ。

男1、チェーンソーのパワーを入れる。凄まじい音がうなる。
女0、人形（♀）を抱える顔に殺意がみなぎる。
男1、うなりをあげるチェーンソーを振りかぶる。
必死の形相になり、ゆっくり人形（♀）に近づいていく……。
が、やがてパワーをオフに。しらけた静寂……。
男1、広げたものをボストンバッグの中にひとつずつ戻してゆく。

男1　荷物、それだけでいいのか？
女0　（リュックを示し）あたしはこれだけで十分。
男1　そうか。
女0　それより着替え、やっぱり足りないかも。
男1　なんで？
女0　返り血浴びるかもしれないでしょ。
男1　………。

ひとつだけ枕が残る。男1と女0、ともに視線が枕に注がれ、やがて目が合う。男1、不意に女0から人形（♀）を奪い、わざとらしいかけ声とともに人形（♀）を突き倒して床に組み敷くと、その顔のあたりを枕で押さえつける。

男1　カウント、カウント。
女0　（床を叩いて）ワン、ツー、スリー。
男1　（が、やめず）フォー、ファイッ、シックス、セブン、エイッ、ナイン、テン、イレブン、トウェロヴ、サーティーン、フォーティン……
女0　………。

男1　（枕を離して）窒息死。
女0　やる気満々だ。
男1　当たり前だろ。
女0　でも汗かいてる。
男1　……。（両の手のひらを見て、ハンカチを出して執拗にぬぐって、ハンカチを納める）
女0　（人形♀を抱えて）無理しなくていいよ。
男1　無理なんかしてない。
女0　してるよ。してるからパパは眠れないんだよ。
男1　だからこの枕は必需品だ。
女0　それで誰を眠らせるの？
男1　………。
女0　無理しなくていいよ。
男1　……。（枕をバッグに詰める）
女0　……。（人形♀と遊んでいて）これ、どうしたの？
男1　パパが作った。
女0　――え？　もしかしてコレ、あたしなの？
男1　なんで？　似てるか？
女0　全然センスないね。（人形♀を男1に投げる）

男1　……。（人形♀を抱き、バッグを手に立ち上がって女0を見る）
女0　……何。
男1　行こう。ママが待ってる。

旅が始まる。
見上げると、ビルの間にペンキで塗ったような青空が張りついている。
男1&女0、ビルの谷間通りを歩いていく。
別の通りを、小ぶりのバッグを持った女1が通り過ぎていく。

②道の上

通りを、バッグを持った女2&スーツケースを転がしている男2が歩いてくる。

携帯電話が鳴ったらしく、男2が足を止め、電話に出る。

女2、思い立ったようにまっすぐに立って、「人々」に話し始める。


女2　「旅は道連れ」って言いますでしょ。あの道連れってあたし、「子供を道連れに一家無理心中」って、あれとおんなじ意味だと思ってたんですね、中学の頃まで。

中学の修学旅行って、行動パターンが全部決められてるじゃないですか、やりたくないことまでやらされて。だから、そんな道連れに誰がのるもんかってあたし、積み立ての旅行費、ずっとネコババしてたんです。

ばれましたよ、もちろん、旅行に行く前の日。殴られましてね、母親に。おまえはドロボーだ、ドロボーはうちの子じゃないって、掃除機でしたたか殴られました。

でもやっぱり親ですね。さんざんあたしを殴ったあとで、財布からお金出してぽんって畳の上に投げてよこしたんですよ。

——結局行きませんでした、体中アザだらけでしたから。

——すいません、お話、なんでした？　そう、きっかけ。旅のきっかけでしたわね。

だからその、今回の旅は、「旅は道連れ」、独りでは不安でも一緒に行く人がいれば心強い、きっと助け合える、そういうことから始まったんです。
ええ、最初にそれをあたしたちに提案してくださったのはテラハラさんです。

男2、電話を切る。

男2 テラハラさん、やっぱり遅れそうだから、あとから合流するって。
女2 あら、そう。
男2 でも「旅のしおり」に書いてあるとおりに行動してくれれば心配いりませんからって。保証しますって言ってた。
女2 わざとじゃないかしら……。
男2 え？
女2 遅れてくるの。
男2 そんなことないよ。
女2 30も半ば過ぎると、男は平気で嘘つくからね。
男2 そうかな。いい人だと思うけど。
女2 それはわかってるわよ。でもね、いい人と嘘つきって共存できるのよ。嘘つきだけどいい人、いい人だけど嘘つき、そういう男ってごまんといるもの。仕事とか立場とか、そういうものが男を嘘つきにするの。

男2　恐縮してたよ。
女2　恐縮しててもねぇ、嘘つかれるほうはたまらないじゃない。
男2　だからテラハラさん、嘘ついてないって。
女2　ケンちゃんよ。
男2　俺？
女2　ほんとは来たくなかったんでしょ？
男2　そんなことないよ。
女2　いいの、わかってるから。はっきり言って、覚悟できてるし。
男2　なんだよ覚悟って。
女2　言えばお互いすっきりするんだから。3秒待つわ。ハイ3、2、1……
男2　だから来てるじゃないか、こうして荷物持って、来たいから来たんだよ。
女2　同情？　義務感？
男2　俺はアツシ君の父親だ。
女2　父親が息子を君づけで呼ぶ？
男2　……。
女2　ゴメンなんかあたし変よね、動揺してる、動揺してるわよね？
男2　落ち着けよ。
女2　そうね、落ち着かなきゃ。いいち、にいい、さああん、どう、落ち着いた？　ように見える？

男2　お母さん……！
女2　……。
男2　母親なんだから。
女2　――そうね、そのとおり。でも最初に顔を合わせたときなんて言えばいいの？　そういうこと「旅のしおり」には書いてないでしょ？
男2　謝るしかないよ。
女2　許してくれる？
男2　許してくれなくても。
女2　いきなり「人殺し」って叫ばれたら？
男2　それでも謝るんだよ。
女2　突然殴られたら？　殴り返すのナシでしょう？
男2　当たり前じゃないか、それでもひたすら謝るんだよ。
女2　頭ではわかるの。もっともよ。ううん、感情でもわかる。でも手が。
男2　……。
女2　あたし殴られるの、苦手なのよ。
男2　謝るんだよ。殴られても蹴られても。何されても。
女2　殴り返すのだって勇気いるのよ。あたし訓練してやっと殴り返せるようになったの。そしたらそれが染みついちゃったの。条件反射ってあるじゃない。

男2、おもむろにスーツケースを倒して開ける。
中にはマネキンのような「人形（♂）」が死体のように押し込められている。
男2、人形（♂）を取り出して、女2に抱えさせる。

女2　何？
男2　それ、やっぱり持ってたほうがいいよ。そしたら簡単に手は出ない。
女2　そのために作れってことだったの？
男2　知らないけど。たぶん違うだろうけど。
女2　みっともないわよ、人前でこんなの抱えて。出来だってよくないし。
男2　悪かったよ。
女2　あ、感謝はしてるのホント。あたしってほら手先、不器用だし。
男2　………。

男2、突然、女2の頭をひっぱたく。
女2、反射的に男2の頬を叩き返す。

男2　……。（人形♂を引き取る）

女2　――ケンちゃんは耐え続ける自信ある？
男2　自信あるないの問題じゃないよ。
女2　耐え続けたってあの子は帰ってこない。死刑よ、死ぬのよ。
男2　……。
女2　ゴメンなさい、あたし混乱してる。これじゃ何しに旅に出るんだかわかりゃしないわね。母親のあたしがしゃんとしなきゃ。わかってるのよ。でも突然、どうしていいのかわからなくなるの。
男2　そういうときは頭の中で馬に乗ればいいんだよ。
女2　うま？
男2　ロデオだよ、カウボーイが暴れ馬を乗りこなす競技。
女2　ロデオはわかるけど……
男2　それを頭の中でやれば、時間なんてあっという間に過ぎてしまう。耐えられるよ。
女2　――あたし馬鹿？　さっぱり意味がわからないんだけど。
男2　暴れ馬だよ。ふつう人間が乗ったらこんなだよ。（人形♂を上下斜め左右に大きく動かす）
女2　……。
男2　だから。何かが、何か得体の知れないものが、暴れるわけだろ、荒馬みたいに心の中でさ。そういうときに、馬の手綱をぐいっと引っ張るんだよ。そうイメージするんだよ。
女2　あ、イメージなのね。
男2　当たり前じゃないか。でも、（人形♂を上下斜め左右に動かしつつ）こんなになっちゃうくらい馬は暴れてるわけだから、手綱は、何度も、ひっきりなしに、引っ張らなきゃダメなんだよ、息つく間もないくらいに。

女2 それもイメージなのよね？

男2 そう、暴れ馬と心の中で闘うんだ。

女2 ……。

男2 もういいよ。

女2 わかった、わかったわよ。心の中で馬が暴れたら手綱を引っ張る。何度も引っ張る。でしょ？

男2 まぁそういうことだけど。

女2 ちょっとやってみて。

男2 え？

女2 だいたいイメージはつかんだから。実演してみて。

男2 だから実演ってイメージなんだから、それに今、何も暴れてないし。

女2 じゃ暴れてよ。

男2 そんな無茶な。

女2 もういい。

男2 なに怒ってるんだよ。

女2 どうせまた口から出まかせなんでしょ。

男2 やるよ。

男2、人形（♂）を女2に渡して、心の中で暴れ馬に乗る。
女2、その様子にじっと見入る。やがて——。

女2　わかった。
男2　ほんとに？
女2　今度やってみるわ。
男2　これはこれでけっこう疲れるんだけどね。
女2　ケンちゃん。
男2　え？
女2　あたしと一緒になってからも、よく馬に乗ってた？
男2　……。
女2　バアカって言って。
男2　バアカ。
女2　行きましょ。

女2、人形（♂）を抱えて歩き始める。
男2、空っぽになったスーツケースを転がしながら続いていく。

③空の下

通りを、男1&女0が歩いている。
女1、携帯電話で話しながら現れ、立ち止まって時計を見る。
男1、視界に女1をとらえると足を止め、「人々」に話し始める。

男1 妻と会ったのは、ほぼ1年ぶりです。その間何度か、いや初めはしょっちゅう、電話で話はしていたんですが、話せば話すほどネジが合わなくなるというか、顔が見えませんからね電話だと。よけいに言葉を選ぶようになり、するとますます言葉は出なくなり。——最近はすっかり遠ざかっていたんです、旅のプランが持ち上がるまでは。

女1、すでに電話を終えていて、男1に気がついて——。

女1 なんなの、その格好。
男1 なんか変か?
女1 じゃなくて、ソレ。(人形♀)
女0 パパが作ったんだよ。
男1 作って持ってくるよう書いてあるんだ、「旅のしおり」に。

女1　旅のしおり？
男1　今日明日のスケジュールだよ、話しただろ。
女1　そうだった？
男1　全部コーディネーターに任せてあるって。
女0　ま、いいじゃない、行ってみればわかることだし。
女1　胡散臭い。
男1　（女0と見合って、女1に）――元気してたか？
女1　……。（微かに笑って）ますます胡散臭い。
男1　まぁそう言うなよ。
女1　（近寄って男1の匂いをくんくん嗅ぐ）
女0　何やってるのママ？
女1　お酒やめたって本当みたいね。
男1　嘘ついたってしょうがないだろう。
女1　へぇ……。
女0　でもすっぱりってわけじゃないよね。
男1　でもよかったよ、来てくれる気になって。
女1　あたしまだ、行くって決めてないわよ。
女0　行かないの？

女1　だいたい、この旅自体が胡散臭いじゃない。今さら会ってどうするの？　目的は何？

男1　目的？

女1　なんにもナシでのこのこ出かけていくわけじゃないでしょう？

女0　目的ならちゃんとあるよ。（男1に）ね？

女1　人殺しって罵る？　今頃会うんだったらどうして3年前に会わなかったの？

男1　そんな気になれなかっただろう。

女1　あたしは会いたかったわ。

男1　おまえ、泣いてばかりいたじゃないか。

女1　あたしは仕事に行けるあなたのほうが信じられなかった。

女0　ママやめてよ、パパも。

男1　………。

女1　（空を見上げ）――すかっとしたいい天気って、腹が立つわね。

男1　……。（見上げる）

女0　（見上げて歌う）♬晴ぁれた空ぁ〜そぉよぐ風ぇ〜みなとぉ出船のぉソラの音《ね》、

男1　あれ。

女1　え？

男1　あ、いや……

女1　何よ？

男1　いやちょっと気になったもんだから……

女1　何が？

男1　いや、たいしたことじゃない、いいよもう。

女1　こっちが気になるじゃない、言ってよ。あなた電話でもいつもそうじゃない。

女0　（見上げて歌う）♬みなとぉ出船のぉソラの音《ね》楽し〜

女1　何よ言ってよ。

男1　「憧れのハワイ航路」の歌詞なんだけどな、「みなと出船のソラの音楽し」で合ってるか？

女1　………。

男1　「ドラの音」じゃないか？

女1　知らないわよ、ンなの、そんなこと考えてたの今。

男1　だからいいって、たいしたことじゃないって……

女1　たいしたことなさすぎるわよ、どうなってるのあなたって。

女0　♬あぁぁ〜憧れぇえの（と、歌をやめ）ハワイだったんでしょ、パパとママの新婚旅行。

男1　——行ったな、ハワイに。

女1　……。（大きくため息をつく）

男1　いい天気だった。

女1　条件があるの。

女0　条件？

女1　被害者支援センターのカツラギさんに同行してほしいって言ってあるの。
男1　なんで？
女1　こういうのは第三者がいたほうが何かといいのよ。慰謝料の話だって出るかもしれないでしょう。
男1　慰謝料って、おまえ被害者遺族給付金だって申請しなかったじゃないか。
女1　あれは国が出すのよ、税金よ。あっちの代わりに国からおこぼれいただくわけ？
女0　いくらもらえるの？
女1　最高額出たって1500万。
男1　金の問題じゃないだろう。
女1　悔しくないの？　カオルの命はどう高く見積もったって1500万、そう決められるのよ、国に、そんなもんだって。
男1　高い安いを問題にすること自体、カオルを金に換えてることになるだろう。
女0　1500万か……。
女1　……あなたって、ほんとに愛情がないのね。
男1　金に換えるのが愛情か？
女1　ほかに何もないじゃない。一生、泣き寝入り？　カオルが帰ってくるのなら1銭だっていらないわよ。
男1　――愛情の示し方はほかにもある。
女1　たとえば？　どうやって？

女0　あたしは一生かかってもパパとママに1500万もあげられないなぁ、たぶん。
男1　金じゃないよ。
女1　とにかくカツラギさんに一緒に行ってもらいたいの。そのコーディネーターの人だって、あっちが連れてくるわけでしょう。
男1　わかったよ。
女1　おあいこじゃない。
男1　呼べばいい。

ややあって女1、離れて携帯電話で電話をかける。

女0　いいじゃん、大勢のほうがにぎやかで。
男1　おまえは楽天的だな。
女0　なんでも楽しんでやんなきゃ。
男1　——そうだな。
女0　目的も。
男1　……。（女0を見て、空を見上げる）
女0　（空を見上げ）ねぇハワイの空って、これより青かった？
男1　——気がするな。

女0　腹が立ったりした？
男1　何見ても浮かれっぱなし。
女0　♬別ぁれテェープゥをぉ笑顔で切ればぁ〜希望《のぞみ》はてなぁい〜遙かな……
女1　（電話を切り）話したわ。
女0　ママのツアー参加、決定。
女1　実はそこのスターバックスで待ってもらってたの。
男1　……。
女1　何よ。
男1　おまえ少し太ったか？
女1　──戻ったって言って。戻すのに苦労したんだから。
男1　そうか。
女1　で、あっちとの待ち合わせは？　どこで会うの？
男1　「おんちっち」
女1　何、それ。
男1　カラオケボックスだ。

男1＆女0＆女1、歩き始める。
ほどなく鞄を持った女3が歩いてきて合流する。

④カラオケボックス

歩いている女2&男2の足が止まる。
カラオケボックスの一室。
男2、携帯電話を耳に当てている。
女2、室内を見回す視線がそのまま「人々」に向かい、話し始める。

女2　カラオケボックスに行ったのは3年、いえ4年ぶりです。とにかくあれ以来、さっぱりどこにも行ったことありませんでしたから。というより、どこかに出かけるなんて、もうそのこと自体、途方もないことだったんです、あたしには。
なのにコーディネーターのテラハラさんはいっこうに連絡が取れず――

男2、電話を切る。

男2　ダメだ、やっぱり留守電だよ。
女2　留守電？　テラハラさん、こっち向かってるんじゃないの？　まさかドタキャンってことないわよね？
男2　そんな人じゃないよ。

女2　今さら中止されたら、どうすればいいの、困るわよ。
男2　だからそんなことないって大丈夫だって、落ち着いて。
女2　——お墓参り、行かなくていいの？
男2　——誰の？
女2　だからあちらのよ。そういうことちゃんと先にすませるべきもんじゃない？　だいたいなんでいきなりカラオケなの？
男2　かえって人目につかないだろ。——密室だし。
女2　——あ、そういうこと？
男2　墓参り行くなら謝罪してからだよ、ちゃんと謝ってこっちから申し出て。座ろうよ。
女2　あぁそうね、なにも突っ立ってることないわね、落ち着いて。

女2&男2、椅子に座る。
が、その椅子は一本足に座面があるだけの代物で、著しく安定感に欠け、座っているほうがむしろ苦痛なほどである（お尻で押さえていない限り、当然椅子は倒れてしまう）。

女2　ケンちゃん……。
男2　何。
女2　吐きそう。

男2　我慢だよ。
女2　座っても全然落ち着かない。
男2　わかるけど、我慢しなきゃ。悪いのはこっちなんだから。
女2　ほんとにここ、密室じゃない？
男2　だから人前じゃ話しにくいこと、話さなきゃいけないかもしれないだろ。
女2　ああ、そうよね。
男2　場所としちゃ、いいコーディネートだと思うよ。テラハラさん、そこらへんちゃんと考えてくれてるんだよ。
女2　でも密室って逃げ場がないってことでしょ、テラハラさんいないのよ、いきなり修羅場になったらどうするの？
男2　だから言ったろ我慢だって。馬に乗って。
女2　あ、馬。そう、馬ね、馬。
男2　………。
女2　………。
男2　………。
女2　(出しぬけに)あぁっ。
男2　何？
女2　落馬しちゃった。

男2　落馬？

女2　振り落とされちゃったのよ今、馬に、どうしよう？

男2　手綱は落ちないいいいように引くんだよ、落ちたら意味ないだろ？

女2　だってイメージしちゃったのよ、馬がぱこんって、ぱこんって跳ねたらどてって、どてってあたしが地面に。イメージしちゃったものはしょうがないでしょう？

男2　だったらまた跨ればいいだろ、今度は落ちないように。

女2　あそうね。やり直し、利くのよね。

男2　手綱もだけど、もっと気持ち引き締めて、ふんばって。

女2　わかった。

男2　………。

女2　……。（ややあって突然ぶるぶるっと顔を横に振る）

男2　顔……。

女2　顔？

男2　向こうのご両親の顔、覚えてる？

女2　――はっきり覚えてる。

男2　そう……。

女2　右半分だけ。

男2　なんだよ、右半分って。

女２　裁判のとき、同じ列に座ったことあったじゃない一度。ケンちゃん、あたしのこっち側だったからよく覚えてないかもしれないけど、あたしは覚えてる。あたしのこっち側、間に4人、人がいて、５人目があちらのお父さん、６人目がお母さん。でもまさか、のぞき込むわけにいかないじゃない、あたしだってどんな顔していいかわからなかったし、怖かったたし。だからずっと正面に顔向けたまま、目だけで見てたの横顔。

男２　(実演してみて) こんな感じ?

女２　(実演して) こんな感じ。

女2&男2、顔は正面のまま、互いに目だけ寄せて相手を探るように見る。

女２　これでもね、いろんなことがわかるのよ。お父さんもお母さんも背中、背もたれに預けてなくて、針のような視線でアツシのこと見てるの。特にお父さんのほうがあたしに近いからよくわかったんだけど、お父さん、ぎゅっと結んだ拳を両方の膝に置いて、ゆらりともしないの。１００年も前からそうしてたって感じで、なんだか、そこだけ、井戸みたいなの。

男２　井戸?

女２　石ころをね、ぽんって落としてみるんだけど、いつまでたってもウンともスンともポチャとも音がしないような井戸。

そんな井戸がぽっかり、傍聴席にできてるの。

男2 ……。

女2 そう思ってたら突然、お父さんがあたしを見たのよ、はっきり。

男2 （顔ごと女2に向いて）顔を向けて？

女2 だからあたし、すぐに目を正面に、顔はホラ、もともと正面を向いてるわけだから、目だけ反射的にずらしたというか戻したんだけど、わかるのよ、逆に横顔、見られてるのが。

男2 ……。

女2 ――視線って本当に刺さるのよ。とがった針がびしびしびし顔の左半分に突き刺さってきて、まるで肉を食い破られるように顔が、どんどん熱く、痛いくらいになってきて、でもどうすることもできなくて、ただあたしは食い破られまいと顔の左半分を固くして、でも熱くて、痛くて、どんどん固くして、固くなっていって、あ、あたしこのまま石になっちゃう、石ころになって井戸に投げられて、深い深い井戸の中――（突然、弾かれたように立ち上がる）

男2 おい。

女2 やっぱりあたし、お花買ってくるわ、薔薇の花。

男2 薔薇の花？

女2 だからお墓参りよ。行かなくちゃ。買ってきたほうがいいでしょう？

男2 ダメだよ、もう来るよ。それに墓参りは菊だよ、菊の花。

女2　え、そうなの？　菊でなきゃいけないの？
男2　菊だよ。白い菊に榊の枝って、あれ決まりだろ。うちのばあちゃん、言ってた。
女2　じゃそれでいいわ、行きましょ。（行こうと）
男2　だからダメだって。
女2　どうしてよ？
男2　行かないんだって、墓参りには。

女2&男2、動きが止まる。

カラオケボックスのドアが開いていて、男1&女0&女1&女3の顔がのぞいている。

男1、無言のまま進み出て、頭を下げる。

女2&男2、応じて無言のまま、お辞儀を返す。

暗転（瞬きするほどの時間）

小泉今日子『学園天国』のイントロが流れる。

著しく安定感に欠けた椅子に、端から順に、女3、女1、男1、人形（♀）、人形（♂）、女2、男2が居心地悪そうに、神妙な顔で座っている。

女0、マイクを手に楽しげに歌い始める。

が、女0の歌声はPAされてなくて、生声である。

女0　♬『Are you ready?』
Hey Hey Hey Hey (Hey Hey Hey Hey Hey Hey)
Hey Hey Hey Hey (Hey Hey Hey Hey Hey Hey)
Hey (Hey) Hey (Hey) Hey (Hey) Hey (Hey) Ah
あいつもこいつもあの席を　ただ一つねらっているんだよ
このクラスで一番の　美人の隣りを
あーみんなライバルさ　あーいのちがけだよ　Oh……

やがて女3、突然、立ち上がる。
途端に女0の歌が、伴奏もろとも、ぶつっ、と途切れる。

男1　何です……？
女3　——何かしゃべりません？
男2　何かって……？
女3　それとも誰か歌います？
男2　……。

女0　今歌ってたのに。
女3　時間がもったいないわ、せっかく当事者が集まってるのに。このままずっと、ただ押し黙ってるんですか?
女1　あなた。
男1　――歌うか。
女3　歌うんですか?
男1　黙ってるのがいやなんでしょう?　(歌詞本をめくり始める)
女0　みんな楽しくやろうよ、ママも。
女1　建設的な話をしましょうって、そう言ってるのよカツラギさんは。
男1　なんだよ、建設的な話って。
女3　だってもうご挨拶もして、そちらからはきちんと謝罪の言葉だっていただいたんですから。
女2&男2　………。
女3　沈黙が続けばかえって心苦しいんじゃありません?
男2　いえ、そんな……
女1　コーディネーターの人、テラハラさん?　いつお見えになるかわからないんでしょう?
女2　すみません。
男2　すみません。
女0　つまんない。

女3　ですから私、シンポジウムとか講演会とか、いろいろ経験はありますから、将来の、今後のことを話し合ったほうがいいと思うんです。

男1　(リモコンを女2に差し出し)これ、どうやって選曲するんですか?

男2　あ、わかります。(受け取る)

女1　やめてよ、あなた。

男1　だって本来ここは歌うとこだろう。(男2に)『学園天国』お願いします。

女2　フィンガー5。

男1　いえ、コイズミの。5963。

女0　イエーィ、コイズミ。

女3　それこそ時間の無駄じゃありません?

男1　いいじゃないですか、そんな肩肘張らなくったって。テラハラさんが来るまでの場つなぎですよ。

男2　入りました。

小泉今日子『学園天国』のイントロが流れる。
男1、立ち上がってマイクを持つ。女0もマイクを持ってすでにノリノリ。
ただし、ここでもPAされているのは男1の声だけである。

女0　♬『Are you ready?』
男1　♬ Hey Hey Hey Hey Hey
女0　♬ Hey Hey Hey Hey Hey
男1　♬ Hey Hey Hey Hey Hey
女0　♬ Hey Hey Hey Hey Hey
男1　♬ Hey
女0　♬ Hey
男1　♬ Hey
女0　♬ Hey
男1　♬ Hey
女0　♬ Hey
男1　♬ Hey
女0　♬ Hey Ah

男1、歌いながら心ではまるで別のことを考えている。

男1　歌い始めて――、カオルは何曲の歌を歌うことができたのだろうと考えた。
通算100曲ぐらいは歌えたのだろうか。

生まれて初めてカオルが歌ったのはいつだったか——。

カオルが最後に歌ったのはどんな場面だったのか——。

カオルと私は、声を合わせて同じ歌を歌ったことがあっただろうか。

カオルと私が、一緒に歌える歌は世界に何曲あったのだろう。

いったいこの世界には、カオルの知らない、歌うことのなかった歌が、何曲あるのだろう。

そもそも私はなぜ『学園天国』を歌っているのだろう。歌詞も見ないで『学園天国』を歌えるのはなぜなんだろう。だいたいカオルは、『学園天国』を知っているのか？


突然、歌詞の流れていたモニターに女0の顔が映る。

女0（モニター） 知らないよ。
男1 ……！（モニターを見る）
女0（モニター） 知らないけど、いいじゃん、今歌ってるから。
男1 ……そうか。おまえ本当は歌えないのか。（マイクを持つ手がだんだん下がっていく）
女0（モニター） だから今、歌ってるって。歌ってるでしょう？
男1 ああ。歌ってる。
女0（モニター） パパ、楽しくないの？
男1 楽しいよ。

女0（モニター）　だったら一緒に歌ってよ。
男1　歌ってるよ。
女0（モニター）　ねぇ歌ってよ。パパ、一緒に歌おうよ。
男1　歌ってるじゃないか。………。
女0（モニター）　♫Hey Hey Hey Hey
男1　………。
女0（モニター）　♫Hey Hey Hey Hey Hey
男1　………。
女0（モニター）　♫Hey

突然、演奏が止まり、モニターは「選曲してください」の状態になる。
女1、リモコンで演奏終了にしたのである。
とうに男1、歌ってなくて、カラオケが切れるとともに女0も歌をやめる。

女1　歌うんだったら最後まで責任持ってよ。
男1　――駄目だな、コイズミは。
女1　自分で入れたんでしょう。

男1　なんでコイズミなんか選んじゃったかな、全然ダメだ。(男2&女2に) すいません。
男2　いえ、そんな……
女1　かえってしらけるわ。
女0　みんなのノリが悪いんだよ、ママも歌えば？
女1　(男2にリモコンを差し出し) 歌いますか？
男2　あ、いえ、僕は……
女3　歌わないんですか？
男2　(女1) 歌ったほうがいいですか？
女3　(女2&男2に) 歌より体験をお聞きしたいんですけど、加害者の家族にも二次災害ってあるんですか？
男2　二次災害……？
女3　マスコミが取材に押しかけてきたり、職場で居づらくなったり、あ、でも二次災害って言わないわね、初めの、一次災害はないですもんね。
男1　カツラギさん、そういった話はよしましょう。
女3　何か困ります？
女0　暗い。
男1　まだお会いしたばかりですし。
女3　でも話さないと、お互いがどんな思いをしてきたかわからないわ。

男1　テラハラさんを待ちましょう。
女3　そしてまた、みんなして押し黙るんですか？
男1　それだって意味はありますよ。
女3　意味？　どんな？
男1　――同じ時間を過ごしてる。意味はありますよ。
女1　あなた本気でそんなこと言ってるの？
女3　コミュニケーションでしょ、大事なのは。もっと建設的な、明日の糧となるようなことを話し合うべきじゃありません？　（女2&男2に）違います？
男1　あなた今回のことと関係ないじゃないですか……！
女3　………。
男1　……失礼。
女3　私は父を殺されました。
男1　………。
女3　保護司だったんです。
女1　加害者の、社会復帰を手伝ってたのよ、カツラギさんのお父さん。
女3　なのに仮釈放で出てきた男に殺されたんですよ、笑い話にもならないでしょう？
女0　――ある日、突然。
女3　ある日、突然……。

男1　それでも、今回のこととは関係ない。
女3　一事が万事じゃありません？　ただでさえこういったことは隠され蓋をされ、みんな腫れ物にさわるように、誰も相手にしなくなるんです。
女1　あたしも聞いてみたいわ。だってお互いの気持ちや考えを述べあって理解するために、みんな重い腰をあげたんでしょう？
男1　今そんな状況じゃないだろう。
女1　あなたは聞きたくないの？
男2　何を、——話したらいいんですか？
男1　必要ないですよ。
女3　（女2&男2に）話してください。
男1　話さなくていい。
女1　（いきりたち）どうして？
男1　じゃ聞くけどな、今まで周りの、いろんな人から言ってもらった言葉で、おまえ少しでも気が休まったか？　楽になったか？
女1　………。
男1　（拳で胸をドンドンと叩きつつ）ここが、ここの、なんか知らん重いものが少しでも取れたか？
女1　——どうしてあたしを責めるの？
男1　——責めてない。

女1　責めてるわ。あれ以来、あなた一度だって、あたしの欲しい言葉をくれたことない。あなたの言葉にやすらげたことはあれ以来、一度だってない。
男1　………。
女1　この人たちと理解し合う前に、あたしにはないの、言葉は。
男1　………。
女2　♫川は流れて　どこどこ行くの
男2　おい……
女2　♫人も流れて　どこどこ行くの
男2　（周囲に）すいません。
女2　♫そんな流れが　つくころには　花として　花として　咲かせてあげたい
女2&男2　♫泣きなさい　笑いなさい　いつの日か　いつの日か　花を咲かそうよ
男2　♫涙……（女2が歌っていないのに気づいてやめる）
女2&男2　………。
女0　♫涙流れて　どこどこ行くの　愛も流れて　どこどこ行くの
男2　私たちは謝ることしかできません。
女0　♫そんな流れを　このうちに
男2　申し訳ありません。
女0　♫花として

女2 申し訳ありません。

女0 ♬花として　むかえてあげたい

泣きなさい　笑いなさい　いつの日か　いつの日か　花を咲かそうよ

男1 ――いい歌だな。

女0 でしょ？　いい歌はね、誰だってすぐ歌えちゃうんだよ。

♬花は花として　笑いもできる　人は人として　涙も流す

それが自然の　うたなのさ　心の中に　心の中に　花を……

男3、ひょっこりカラオケボックスの室内に入ってくる。

男3 すいません、遅くなりまして。――なんか、人数多くありません？

全員の視線が一斉に男3に注がれる。

⑤ワンボックス

テラハラも加わった旅行者たちが、車に荷物を積み込んでいる。
男1、「人々」に向かって話している。

男1 テラハラさんはずいぶん、電話とは印象の違う人でした。電話では言葉の一つ一つにアイロンで折り目をつけたように話す人が、実際会ってみると、言葉の発信源そのものが影のようにとらえにくい。妻はテラハラさんのことを、

女1 ぱさぱさに乾燥したハンペンみたいな人ね。

男1 と言いましたが、確かに、どこか乾ききった感じを人に与えます。私としてはカツラギさんのことも含め仕切りはすべてテラハラさんにお任せしたい気でいたのですが、そのとらえどころのなさに不安がよぎりつつ、テラハラさんのワンボックスカーに乗り込んだんです。

三列の座席があるワンボックスカー。
運転席にテラハラ、助手席にカツラギ、二列目に人形（♂）を抱えた女2&男2、三列目には女0を挟んで男1と人形（♀）を抱えた女1が座っている。

男3 え？　カラオケボックスじゃ予定のことやってないんですか？

男2　あのいや、ひととおりはやったんですけど……
女3　何か大事な予定が……？
男3　（後ろに）その作ってきていただいた人形ですよ。人形の品評会。
女1　なんですか、人形の品評会って？
女0　パパのほうが出来がいいよね。
男1　そういえば書いてあったな。
男3　（後ろに）「旅のしおり」にスケジュールとして書いておきましたよね？
男2　ですからその、全然やらなかったわけじゃないんです。ご挨拶早々、私が「人形作るの、苦労しましたか？」ってお尋ねして、
男1　「ひと苦労でした」って答えました。
男2　で、「私も苦労しました」って、また私が言って、ハイ。
女0　終了。
男3　——それだけ？
男2　そういうことじゃないんですか、感想を言い合えば。
男3　奥さんたちは何もおっしゃらなかったんですか？
女2　すみませんあたし不器用で、この人にほとんど、丸ごとやってもらったんで……
男3　全然携わってないんですか？
女2　すみません……。

女0　考えてみればさ、車ってやばいよね。

男1　やばいか？

女0　走る凶器。

女2　あの。窓開けていいですか？

男1&女1&男3　どうぞ。

女0　一家、皆殺し。

男1　肝心の相手がいないだろう？

男2　——失礼します。（窓を開ける）

女1　あの、あたしもそういうこと聞いてなかったんで人形には携わってないんです。

男3　そうなんですか？

女1　でもそれ、何が目的なんですか？

男3　共通の話題が持てるじゃないですか。

女1　（ややあっけにとられ）あ、話題……。

女3　——それだけ？

男3　それだけってなんです？

女3　ただの話題づくりなんですか？

男3　重要なことでしょう。ただの話題じゃない、「共通の話題」ですよ。（後ろに）実際どうでした？
苦労なさったでしょう？

女0　パパは？
男1　首がちゃんと座るかどうか、心配でしたね。
男3　ああ、それ気になりますよね。
男2　僕はあの、手足の左右のバランスを取るのがひと苦労で。
男3　わかります。なんでも人間は右左、きれいにシンメトリーになっているほうが動物学的に優れてるらしいですからね。学者が言ってました。
男2　とはいえやっぱり人間、中身が一番でしょう？　ですから外見は二の次と思って私、中身に力を入れてみました。
男1　中身、なんなんですか？
男2　あ、綿ですけど、脱脂綿。
男1　ああ。
男2　なんですか、中身。
男1　脱脂綿です。
男2　同じですね。
女3　これ共通してますけど重要な話題でしょうか？
男3　重要じゃないですか。頭の部分だけとっても重要なことはたくさんあります。
——首がちゃんと座ってくれるかどうか。なんか妙に頭でっかちになってないか。後頭部が絶壁なのは問題じゃないのか。後頭部より顔面が絶壁なのはもっと問題じゃないのか？　そもそもこんなに頭が変形していて障害は起こらないのか？
女2　障害……？
男3　つまり、まともな子に育つかどうか。
女2　……。
男3　今の冗談ですけど。
女2　あ、冗談。
男3　名前はつけられました？
男2　つけるんですか？
女0　カオル。
女1　カオル？
女3　カオルってつけたんですか？
女1　今あなた、カオルって言わなかった？
男1　言ってないよ。
女0　あたしが言ったんだよ、ママ、あたしの話全然聞いてくれないんだもん。
女1　ならいいけど……。
女3　やっぱり話題、変えません？
男3　名前ないならないでいいんですよ、無理にというわけじゃなくて。
女3　それよりあの、この車、どこに向かってるんです？

男3　どこって拘置所ですけど。
女1　拘置所?
女3　拘置所ってあの拘置所?
男3　ええ、アツシ君に会うんです。
女1　――。
女3　アツシって――。
男3　聞いてないんですか?
女1　停めて。
男3　え?
女1　車、停めて、停めてっ……!

ワンボックスカーが急停止する。女3、すぐに車から降りる。

女1　………。
男3　(男1に)奥さんには話されてなかったんですか?
女3　知ってたら来ませんよ。旅行ってこれが目的なんですか、娘を殺した本人に会わせるんですか?
男3　今あなたにはお伺いしてません。
女0　だって会わなきゃ目的達成できないもんね。

女1、車から降りると、続いて男1も車から降りる。

女1　……信じられない。
男1　話したら何か変わったか？　どのみちおまえは会わないだろう？
女1　会えるあなたが信じられない。
男1　………。
男3　（女2&男2に）私たちも外の空気、吸いましょうか。
女2　中にいてもいいですか、あの降りなくても。窓開けてますから。
男3　どうぞ。煙草も吸ってくださってかまいませんよ。

女0、男3は車から降りて、車内には女2&男2だけが残る。

女3　（詰め寄って）被害者感情を考えてください。
男3　考えてますよ。
女3　これじゃ二次災害よりひどい、悪質な三次災害だわ。
男3　私は考えて模索してます。
女3　どっちの立場で？

男3　――サトコさんでしたよね？
女1　はい。
男3　アツシ君が憎いですか？
女1　………。
男3　すみません、当たり前でした。
女0　当たり前だよ。
男3　死んでほしいですか？
女1　………。
男3　当たり前ですか？
女0　当たり前だよ。
男3　死刑を望みますか？
女0　当たり前だよ。
男3　（女3に）望みますか？
女0　当たり前だよ。この手で殺したいよ。
女3　それが普通だと思います。少なくとも私はそうだった。

女3、車内に戻り、最後列の奥に座る。男3、煙草を吸い始める。

男1　おまえ、ハワイの空、覚えてるか？
女1　空……？
男1　俺たちが見たハワイの空は真っ青だ。今まで見たどの空よりも真っ青だ。青くて青くてたまらなかった。俺はそう覚えてる。そういうふうに頭の中に染みついてる。
女1　……。
男1　おまえのハワイも青かったか？
女1　――青かったわ。
男1　――そうか。
女1　青かったわよ。
男1　もしもう一度、ハワイに行くことがあるとして、その空を、今頭に染みついている青空と同じように青いと思えると思うか？
女1　……たぶん、思えないわね。
男1　俺も自信がない。
女1　……。
男1　くっきりと、いつでも鮮明に頭の中によみがえってくる思い出の、ある場所、ある風景。でも5年、10年、20年。――久しぶりに胸を躍らせてその場所に行ってみると、まるで違ってるんだ、目の前にある風景と、頭の中にある風景が。
女1　……。

男1　どっちが本物だ？
女1　本物？
男1　目の前の風景を見て、こんな風景じゃなかったと思う自分がいる。絶対に違うと確信を持って思う自分がいる。頭の中に染みついてる風景のほうが本物だと思うか？
女1　………。
男3　人間の感情も、風景と同じじゃないですかねぇ。
女1　………。
男3　（自分の頭を指して）ここが、成長させるんです。ここが時間をかけて成長させていって、どんどん独り歩きしていくんです。
女1　………。
男1　俺はテラハラさんに電話でそう言われてな。――会ってみることにした。
女1　………。
男3　アツシ君の控訴審はもうすぐ始まります。控訴審が棄却され、上告審も棄却されれば、一審の判決どおり死刑です。そこで確定します。
女1　――控訴審で、死刑が無期になる可能性は……？
男3　私は専門家じゃないので推測でしか言えませんが、ゼロではありません。でもその可能性は、高層ビルの屋上から糸を垂らして針の穴に通す、そんなもんだと思いますが。

男3、煙草を消して車の運転席に戻る。

女0 パパは嘘つきだねぇ。

男1 嘘つきか?

女0 そんなことのために会うわけじゃないでしょ。

男1 ……。

女0 でもやっぱりあたし、死刑は反対だな。

男1 どうして?

女0 自分の手で殺さなきゃ。

女1 あなたはあたしに会ってほしいの?

女0 ママはいいよ。

女1 あたしに、あなたと同じ風景を見てほしいの?

女0 いいんだってママは。パパはやさしいから、旅の予定も詳しく話さなかったし、あいつに会うことも言わなかったんだよ。

女1 ……え?

女0 パパはママにそういうことはさせないよ。

男1 ……。

女1 どうなの?

男1　俺は自分でそうしようと決めたんだ。おまえが会うかどうかはおまえが決めることだ。

暗転（瞬きするほどの時間）

ワンボックスカーは再び走っている。

女2　拘置所で面会が許されるのは、一度に3人までです。
あたしたちはあちらのご両親、そろって面会してくださるもの、そう話がついているものと思ってましたから、ひどく動揺しました、ほんとに途方に暮れてしまって――。
ただでさえワンボックスはカラオケボックス以上に密室で、あたしはまるで、そう、暴れ馬に乗せられて走っているような心持ちで――。

助手席に男1、三列目には女3＆女1＆女0が座っている。

女1　やっぱり私、面会には行きません。
男3　……そうですか。
女0　そのほうがいいよ。ね、パパ。
男1　それでいい。
男3　じゃあお父さん、面会なさいますか？

男2　あ、はい。そうさせていただきます。（女2に）いいよな？
女2　いいけど……、（男3に）今から変更できます？
男3　それは心配ないです。面会する人の名前をその場で書くだけですから。
女2　あ、そうよ、そうですよね。
男3　（後ろに）もう着きますけど、どうします、このまま一緒に行かれますか？　面会はしなくても面会の間、外の待合所で待ってることはできるんですけど。
女1　……。
女3　私はサトコさんに任せるわ。
女0　面会はしなくてもママ、最後まで一緒にいようよ。
女1　——行ってください、このまま。
女0　やったぁ。
男3　助かります。時間が押してるんで。
女2　あの、今日の面会は誰が中心になって話せばいいんでしょうか？
男2　そりゃやっぱり、——お願いするしかないだろう。
男1　私ですか？
男2　いやあの、面会って話が途切れると打ち切られるんです、「ハイそこまで」って。
男1　え？　面会は30分あるんじゃ？
男3　2000人はいますからね、一人に長く時間を割けないんでしょうが、沈黙が続くと「そこまで」

って切られますね。

男1　実際どれくらい面会できるんです？

男3　5分とか10分とか。

女3　そんなに短いんですか？

女2　2分のときもありました。

男3　ですから言いたいことを先にまくしたてる。そのほうがいいでしょうね、アッシ君の話は後で聞くことにして。

女0　短期決戦。パパ、一発勝負だね。

男1　ああ……。（ハンカチを出して手のひらの汗を拭う）

女0　なんかあたし、わくわくしてきちゃった。

男2　よろしくお願いします。

男3　でも監獄法施行規則で「30分は保障する」と決められてますから、打ち切られそうになったらそう言ってください。30分は正当な権利だと。

女2　でもなかなか言えないんです、監視してる人の目が怖くて。

女1　あの。

女2　はい？

女1　テラハラさんは、こうしたコーディネートがお仕事なんですか？

男3　いえ違いますよ。これは、なんでしょう、言わばボランティアみたいなもんですね。

女3　どこか市民団体にかかわってます？　「死刑制度に反対する会」とか。
男3　死刑には反対ですけどね、一匹狼です。仕事は女房と花屋やってます。
女3　あ、花屋さん。
男3　ええ。
女1　いえあの、裁判とか拘置所とか、そういったことにお詳しいみたいだから、それで……
男3　私、以前、刑務所にいたことあるんですよ。
女1　……。
男3　あ、違いますよ。職場だったんです、刑務官だったんで。
女3　刑務官……。
男3　はい。

ワンボックスカーが停まる。

男3　ここから歩いて行きますから。
男1　はい。
男3　(後ろに) 必要な物だけお持ちになってください。
女2　あのこれは？　(人形♂を示す)
男3　必要なものだけです。

女2　じゃあ……（仕方なく置いていこうと）
男3　持ってってください。
女2　あ、はい。

全員、車から降りる。
女2、人形（♂）を抱えている。男2、ボストンバッグを持っている。
男1、ボストンバッグを持ち、人形（♀）を抱えている。

女0　いよいよだね。
男1　ああ。（ハンカチを出して額と手のひらの汗を拭う）
女0　――緊張してる？
男1　全然。
女0　また汗。
男1　それだけやる気満々、熱くなってるってことさ。（ハンカチをしまう）
男3　行きましょう。

旅行者たち、拘置所の長い長い塀沿いに歩いていく。
やがて通用門を通って塀の中に入り、面会待合所へと進んでいく。

⑥拘置所（外の待合所）

長椅子が並ぶ待合所。

男1&女0、女2&男2、女1&女3、男3がそれぞれ別の長椅子に座っている。

男1　待つ、のは苦にならない性格だと思っていたんですが、拘置所の待合は特別ですね。面会10分、待ち時間はその10倍以上。初めて待つ苦痛を覚えました。受付をすませると外の待合所で待たされ、ようやく番号を呼ばれると、さらに面会者だけ中の待合室に通されて待つことになります。

待つ。ただ、ただ、「その時」を待つ。私はバッグの中身をひとつひとつ頭の中で確認しながら、ひたすら「その時」を待っていました。

職員が番号を呼んだらしい。

女0　あ——。

男1　今、呼ばれましたか？

男2　呼ばれました。8番。（番号札を示す）

女2　あのこれ（人形♂）、さすがに面会室は無理ですよね。

男3　預かります。（受けとる）
男1　こっちもお願いしていいですか。
男3　あ、はい。
女0　ママに頼めば？
女1　それ、あたし持ってます。
女0　さすがママ、わかってるじゃん。

男1、人形（♀）を女1に渡す。

男3　あとは、わかりますよね？　中の待合室でまた待たされると思いますけど。
女2　わかってます。（男1に）じゃすみません、よろしくお願いします。
男1　いえ……。（バッグを持って立ち上がる）
男3　それは持ち込まれるんですか？
男1　え？
男3　中身、なんです？
男1　――手荷物、ダメなんですか？
男3　一切ダメってわけじゃないですけど、中で所持品検査ありますよ。
女0　検査？

男2　暴力団の内部抗争とかもありましてね、一段と厳しくなってるんです。まぁもともと場所が場所だけにうるさいんですけど。
男3　検査になると不愉快な思いをすると思いますから。
男2　必要ないなら置いてってたほうが……。
男1　（男2に）さっきボストンバッグ、持ってませんでした？
女2　あれ、差し入れです。中身はさっきもう預けましたから。
女0　どうするの、パパ？
男1　まいったな。
男2　あと携帯電話もダメなんで。
女2　どっちみち中であの、空港にありますよね、ピーッとなるやつ。
男2　金属探知機のゲートです。
女2　あれ潜らなきゃいけないいんです。
女3　厳重なんですね。
男2　場所が場所ですから。（男1に）あの携帯は、探知機の前にロッカーありますから、そこに入れてもらってもいいんですけど。
女2　すみません、煩わしくて。
女1　預かるわよ。
女0　パパ。

男1　しょうがないだろう。
女0　目的は？
男1　わかってるさ。わかってるけど、どうしようもないだろう今は。
女0　……。
女1　あなた……？
男3　なんだったら車に積んどきましょうか、ちょっと私、戻りますから。
男1　いえ大丈夫です。（女1に）ここ、置いとくから。（バッグを床に置く）
女0　あ〜あ、丸裸。
女1　携帯は？
男1　（携帯電話を渡し）あと、これ。（封筒を差し出す）
女1　何……？
男1　見ればわかる。
男2　じゃいいですか、もう行かないと。
男1　はい。
男3　中の待合室で話したいことをまとめといてください。
男2　メモなら面会室に持ち込めますんで。
女2　（男1に）お願いします。

女2&男2、続いて男1、さらに遅れて女0、外の待合所を出ていく。

女3 中ではどれくらい待つんですか？

男3 今日はそんなに混み合ってないですから、案外短いかもしれません。

女3 時間を奪われるのは、加害者本人だけじゃないんですね。

男3 ………。

女3 あ、嫌みじゃなくて。

男3 いやそうですすよ、大迷惑ですよ。社会の迷惑。家族の迷惑。

女3 ………。

男3 私、ちょっと車に戻りますんで。

女3 あ、はい。

男3、外の待合所を出ていく。
入れ代わるように女4、続いて男0が入ってきて、並んで長椅子に座る。

女3 暴力団だけじゃないわよね。

女1 え……？

女3 なんでも持ち込んでいいんだったら、毎日殺人事件が起こるわよ。

女1　……。（男1のバッグを見る）
女3　ここにいます？
女1　……。（女3を見る）
女3　センターに電話入れてきていいかしら。外の空気も吸いたいし。
女1　あ、どうぞ。あたし、ここにいますから。
女3　――ねぇ、私って役に立ってる？
女1　もちろん。独りだったら心細くてとてもこんな所まで来られなかったわ。
女3　だったらいいんだけど。

女3、外の待合所を出ていく。

女1、男1から受け取った封筒の中を取り出してみる。

離婚届。

男1の署名と押印がある。

女1、じっと見つめ、やがて目を上げる。

女4、ラップに包んだおにぎりを食べている。

男0、女4の隣でうつむきがちにじっと床の一点を見つめている。

女1、女4と目が合ってすぐに目をそらし、離婚届を再び見る。が、またすぐに顔を上げる。

女1、今度は男0に目がとまる。

女4　何か、困ってます？
女1　――。（女4を見る）
女4　手続きがわからないとか。
女1　いえ大丈夫です。
女4　あ、話しかけて迷惑でした？
女1　いえ全然。なんだか慣れなくて、こういうとこ。
女4　ははっ。（小声で笑う）
女1　え？
女4　あたしは慣れてるみたい。
女1　ごめんなさい、そういう意味じゃ……
女4　あ、いいんです。実際慣れてるし。長いし。
女1　……。（小さく頭を下げる）
女4　ここに来る人ってみんなバリアあるでしょ？
女1　バリア……？
女4　見て見ぬ振りするっていうか、最初っから目を合わせないっていうか。ま、はしゃぎまわるわけにはいかないだろうけど。
女1　……。（男0が気になる）

女4　あたしも最初は暗ぁくしてたんだけど、でもなんかヤでしょ、そういうの。自分がイヤになると思って、ちょこちょこ話しかけちゃうんです、人の迷惑顧みず。
女1　……。（男0が気になる）
女4　どうかしました？
女1　あ、いえ……。
女4　あたしばっかしゃべってますね。
女1　いえ、それはいいんですけど……。（男0が気になる）
女4　すいません、ついついしゃべり過ぎちゃうんですよ、バリアフリー、バリアフリーって自分に言い聞かせながらしゃべっちゃうんで。

職員が番号を呼んだらしい。

女4　あ？（番号札を見て）あたしだ。
女1　今から面会ですか？
女4　ええ、父なんですけど、たまに顔見せてやらないとぐれちゃうから。（笑う）
女1　……。（なんと答えてよいかわからず笑う）
女4　（人形♀を指して）その子、どんな子になるんですか？
女1　えっ？

女4　だってまだ途中でしょ？　茶色の毛糸で髪の毛編んだら似合いそう。

女4、女1に軽く頭を下げて出ていく。
男0、唇を真一文字に、歯を食いしばっている様子で、額からは汗がしたたり落ちている。

女1　あの——。
男0　……はい。
女1　大丈夫ですか？
男0　え……？
女1　すごいですよ、汗。誰か呼びましょうか？
男0　大丈夫です。
女1　……。（ハンカチを差し出し）これ、使ってください。
男0　貸してくださるんですか？
女1　どうぞ。
男0　ほんとうにいいんですか？
女1　ええ。
男0　申し訳ありません。（ハンカチを受け取るが、そのまま拭こうともしない）
女1　ほんとに汗を拭いたほうが……。

男0　（ハンカチを受け取った状態のまま）申し訳ありません。
女1　いえ、それはいいんですけど……
男0　（初めて女1を直視して）申し訳ありません。
女1　――!!
男0　申し訳ありません。申し訳ありません。申し訳ありません。申し訳ありません。申し訳ありませ
ん。申し訳ありません……。

女1、ひったくるようにハンカチを奪い返す。
壊れたレコードのような男0の言葉の繰り返しがぴたりと止まる。

男0　貸して、もらえないんですか？
女1　……誰か……
男0　貸してもらえないんですか？
女1　……人殺し。

男0、突然立ち上がって、人形（♀）に視線。
女1、その視線に気づいて、素早く人形を抱きかかえて、男0を獣の目で見る。
男0、女1を見て再び口を開くが、その声は女1に届かない。

男0の唇はまるでスローモーションのように動いている。

男0　（口パクで）モウシワケアリマセン。モウシワケアリマセン。………。

男0、不意に荒々しく、いなくなる。
女1、辺りを見回すと、すでに男0の姿はない。逃げ出すようにボストンバッグをつかんで出ていこうとするが、その重さに驚く。
女1、気になってバッグを開けると、中から出刃包丁が出てくる。唖然となって、あわててバッグに戻し、その重い荷物をほとんど引きずるように出ていく。

⑦拘置所（中の待合室）

女2&男2、続いて男1&女0が面会室横の、中の待合室に現れる。

女2の室内を見回す視線がそのまま「人々」に向かう。


女2 息子に面会するのは2週間ぶりになります。

それまではけっこう頻繁に行ってましたよ、もちろん。

——でもひと月前、言われたんです、もう来なくていいって、来ないでくれって。

だから前回行ったときは、ろくに会話もできず、やっと口を開いたと思ったらあの子、「控訴を取り下げる」と言ったんです——。


男2、やや間をあけて男1、それぞれに座っている。

女0、男1の横にしゃがみこんでいる。

男2 おい。
女2 え、何……？
男2 座れよ、こっちが落ち着かないだろう。
女2 ああ……。（男1と男2の間に座る）

女0　どうすんの、丸裸で。
男1　……。
女0　よかったよかった、これでパパは無理をしなくてよくなった。
男1　チャンスはあるさ。
女0　汗、拭いたら？
男1　……。（ハンカチがポケットになく、あきらめる）
女0　拭かないの？
男1　ないんだよハンカチが、どこか置いてきたみたいだ。
女0　完全丸裸。
男1　しょうがないだろ。
女0　もっとちゃんと探せば。みっともないよ。
男1　……。（ハンカチを探す）
男2　……なんですか？
男1　あ、いえ……。
女2　あのこれ、使ってください。（ハンカチを差し出す）
男1　あ、すみません……。（受け取って汗を拭う）
女0　敵に塩を送られちゃった。
女2　なんか落ち着きませんよね、ここ、あたしも全然慣れなくて。

男1　洗ってお返しします。
女2　ああ、いいんです、お持ちになっててください。
男1　すみません。
女0　謝ってばっか、みっともない。逆だよ。
女2　……。（不意に立ち上がる）
男2　じっとしてろって。
女2　落ち着かないのよ。
男2　座れよ。
女2　そしてまた馬？
男2　何言ってるんだ、こんなところで。
男1　……なんですか、馬って？
男2　あいえ、こっちのことでして、すみません。
女0　馬だって……。
男1　………。
女2　……。（座る）
男2　………。
女0　パパ……。
男1　ん？

女0　ここには何人の死刑囚がいるのかなぁ。
男1　――馬って言えば、妙な話ですけど。
男2　はい。
男1　三途の川は舟に乗って渡ると思ってる人が多いようですが、実際は馬に乗るんだそうですね。
女2&男2　………。
男1　馬がまっすぐ川を渡るんだそうですよ。
女0　そうだよ、馬は全然迷わない。
男1　乗ってる人間は必死に手綱を引くんだそうです。
女0　Uターン、Uターンって手綱をぐいぐい引くんだよ。
男1　必死で馬の首を曲げようとするそうです、Uターン、Uターンって。
男2　……馬は従うんですか？
女0　暴れるよ。
男1　馬も生き物ですからね、そうやすやすと言うことを聞いてはくれません。
女0　闘いだよ。
男1　馬は暴れまわるそうです。川の中で、暴れ、いななき、ものすごい力で手綱を引き戻そうとするそうです。そしてまた乗ってる人間は手綱を引くんです、Uターン、Uターンって。
女0　その繰り返し。
男2　………。

男1　でも川の中なので、馬と人間は激しく暴れまわりながらも、滑るように、滑るように、やっぱり前へ、前へ、向こう岸へと行くそうです。
男2　馬から振り落とされる、というか、降りることはできないんですか？
男1　手綱がぐるぐる巻き付けてあるんですよ、手首に。
女0　……。（自分の手首を見る）

男0、どこからともなく現れる。
馬に跨り、手綱を引きつつ、滑るように通り過ぎていく。

男1　それでなす術もなく、ただただ手綱を引きながら、ただただ滑るように、川を渡ってゆくんだそうです。
男2　………。
女2　誰に聞いたんですか、その話。
男1　誰って……。
女2　どうしてそんな話をするんですか、今、あたしたちに。
男2　別に他意はないよ。
女2　死刑になれば、あの子も馬に乗るって、そういう思いするって、そう言いたいんですか。（立ち上がる）

男1　………。
女2　すみません……。（座る）

男0、どこへともなく、滑るように消えていってしまう。

女0　パパ……。
男1　なんだ。
女0　今、あいつを見た。
男1　え？
女0　馬に乗ってた。馬に乗って、滑っていった。
男1　――。
女0　死ぬよ。あいつ。
男1　――。

アナウンスが聞こえる。

「8番の番号札をお持ちの方は、5番の面会室にお入りください」

ややあって男2、弾かれたように立ち上がる。

男1、女2は動かない。

女2　………。
男1　………。
男2　（女2に）……行かなくちゃ。
女0　来たよパパ、「その時」が。
男2　行かないと……。
女2　………。
男1　………。
女0　パパ。
男2　（男1に深々と一礼し）よろしくお願いします。
女2　話してくださるんですか？
男1　――。
女2　テラハラさんからお聞きになってますよね、アツシが控訴を取り下げると言いだしたこと。
女0　取り下げる……？
女2　取り下げるなと、控訴審を争えと、そう言ってくださるんですよね？
女0　取り下げるってどういうこと？　死刑が確定するってこと？
女2　最後の最後まで法の裁きを受けろと、そう話してくださるんですよね？
女0　あいつは死刑になって死ぬってこと？

女2　そのためにここに来てくださったんですよね？

女0　そんなの許せない。あいつは殺されて死ぬんだよ、この手で。

　　男1、立ち上がる。

男1　ちゃんと話しますよ。

女0　そうだよ、死刑になんかさせない。

男1　自ら死刑を確定させせちゃ意味がないと、そう話します。

女2　………。

　　男1、面会室に向かおうとすると、アナウンスが聞こえる。
　　「8番の番号札をお持ちの方は、面会受付所にお戻りください。繰り返します。8番の番号札をお持ちの方は、至急、面会受付所にお戻りください」

⑧児童公園

遊具が点在する、ささやかな公園。

男1 拘置所の脇には小さな児童公園があります。砂場があって、面白いことに馬もいるんです。木製のベンチがあって、すべり台があって、砂場があって、面白いことに馬もいるんです。もちろん、生きた馬じゃありません。木製の、下にスプリングがついていて、乗ると前後左右にゆらゆら揺れる、子供のための遊具です。
——拘置所を出た私は、テラハラさんたちには待ってもらい、その馬のいる児童公園で妻と話をしました。

女1&女0、ベンチに並んで座っている。
横にボストンバッグがあり、女1は人形（♀）を抱えている。

女1 見たのよ、ボストンバッグの中。
男1 そうか。
女1 あんなもの持ち込めると、本気で思ってたの？
男1 ——まず無理だろうな。

女1　どうかしてるわ。
男1　どうかしてる。
女0　どうかしてる。
男1　無理だろうと思いながら、無理を通さなきゃいけないときだってある。
女1　それがあなたの愛情？
男1　……。

男1、馬の遊具に跨る。跨ってゆらゆら揺れる。

女1　笑っちゃったわよ、枕まで入ってるし。
女0　まさかママに邪魔されるとはなぁ。
男1　受付の職員になんて言って騒いだんだ。
女1　連れ戻してくださいって言っただけよ。連れ戻してください、うちの人を連れ戻してください、何をされるかわかりません。10回もわめき散らしたら十分だったわよ。
男1　簡単だ。
女0　簡単じゃないよ。
女1　え……？
女0　簡単だったらパパ、あたしを連れ戻してよ。

女1　……今、何か言った？
男1　いや。何も。
女1　そう……。
男1　おまえ、旅の最後までつきあうのか？
女1　——ときどきね、カオルの声が聞こえるの。
男1　——。
女0　だってあたしはママの隣にいるよ。
女1　拘置所に近づくにつれてね、どんどん聞こえる気がしてきたの。変よね。
男1　変じゃないさ。
女0　あたしさ、さっき思い出したんだけど、「♬泣きなさぁあいいい」ってあの歌、ママが歌ってた歌だ。一度、カラオケ一緒に行ったとき、歌ったよね。
女1　その声をね、聞きたいだけなのかもしれないけど、いようと思って、最後まで。
男1　——そうか。
女1　あなたは？　本気だったんでしょう？
男1　何が。
女1　本気で無理を通そうと思ってた。どうかしてるとわかってても。
男1　………。
女1　（封筒を示し）これ。

男1　………。

女1　（届を出して見つめ）これ見てそう思った。じゃなかったら渡さないでしょう、こんなタイミングで。

女0　（のぞきこんで驚き）離婚？

女1　……出す・出さないはあたしに決めろってこと？

男1　それでいい。

女0　駄目だよ、別れちゃ。

男1　これはパパとママの問題だ。

女0　あたしのせいなの？

男1　おまえには関係ない。

女0　――あいつのせいだ。

男1　あいつ？

女0　あいつ、パパとママまでぐちゃぐちゃにしてる。

女1　カオルの声が聞こえるって言ってたでしょ？

男1　……ああ。

女1　あたし、さっきは、外の待合所であの男を見たの。

男1　見た……？

女0　いつ？

女1　連れ戻してくださいって駆け込んだちょっと前。見たから騒いだのよ。
女0　(男1に) じゃああたしが見たのと同じ頃だよ。(女1に) あたしも見たの。
女1　あなた、目の前の風景と頭に染みついてる風景、どっちが本物だって聞いたわよね？
男1　——ああ。
女1　本物は頭のほうよ。
男1　——。
女1　あなたの言うとおり、あたし泣いてばかりいたじゃない。——忘れてたわ、あんな感情。頭の中の現実感のほうが全然強い。
女0　そう、全然リアル。
男1　………。
女0　パパ、明日だよ。明日は成就できる。
女1　(男1に) ——明日？
男1　え？
女1　明日ってどういうこと？
男1　——まだ終わりじゃない。
女1　え？
男1　「旅のしおり」は見なかったのか？　明日も面会に行くんだ。
女1　——。

男2、公園に姿を見せる。男1のゆらゆらが止まる。

男2　あの……。
男1　はい。
男2　そろそろ動きませんかとテラハラさんが言ってるんですけど。ロッジの受付時間があるみたいで……。
女1　さっきはすみませんでした。
男2　――明日がありますから。明日はよろしくお願いします。
女1　すみませんでした。

女1、人形（♀）を抱えて公園をあとにする。

男2　あの、奥さんには控訴取り下げのこと……？
男1　言ってません。あいつは何も知りません。
男2　そうですよね。そちらにお願いできるようなことじゃないですもんね。
男1　………。

男2、男1の隣の馬に跨って、ゆらゆら揺れ始める。

男2 覚えてます？
男1 え……？
男2 いつからこういうのに乗らなくなったかなぁって。
男1 ……忘れてますね。（女0に）おまえは覚えてるか？
女0 1998年5月6日。
男1 ——。
女0 ディズニーランドに行った3日後に殺されたんだよ。
男2 ……忘れますよね。
男1 ——奥さん、気落ちしてました？
男2 かなりへこんでましたけど、大丈夫です。と思います。たぶん。
男1 立ち入ったことを聞くようですが。
男2 はい。
男1 実の父親じゃないんですよね。
男2 あ、はい。——見えませんよね、10歳しか離れてませんから、アツシとは。
男1 いつから彼の父親になったんですか？
男2 だいたい1年前です、その、事件の。

男1 そうですか……。

男2 自分のせいなんじゃないかって、よく思います。

女0 関係ないよ。

男2 責任のとり方が今もってわかりません。

女0 あいつは大人で、誰の指図も受けず、自分の意志でやったんだよ。

男2 情けないです。

女0 そしてあいつは、少しも責任をとっていない――。

男2、ぐらぐらとロデオのように遊具の馬に乗って揺れている。

⑨ロッジ

ロッジのリビング。

女2　あちらの奥さんがなぜ直前になってご主人を引き止めたのか、宿泊先に向かう車の中でも、ロッジに着いてからも、そのことばかりあたしは考えていたんです。拘置所の面会は1日に一人1回しかできません。明日も、あちらのご両親に控訴審を争うよう言ってもらえなかったら……。そう思うと居ても立ってもいられなくて、だからロッジではテラハラさんにその確認をするつもりだったんです。――でもテラハラさんの狙いは別だったんです。あたしたちは一堂に集められ、テラハラさんのいう「人形の品評会」を、改めてやることになって――。

男1&女1&女0、女2&男2、女3が思い思いに椅子に座っている。
女1は人形（♀）を、女2は人形（♂）を抱えている。
男3、その全員が見渡せる位置に立っている。

男3　少々、どぎついことを口にするかもしれません。不愉快なこともお願いするかもしれません。もちろん、いやなら拒否してくださってかまいませんが。

女3　私、参加しててていいんでしょうか？
男3　すべて自由意志でいきましょう、参加することも含めて。
女3　……。（女1を見る）
女1　……。（頭を下げる）
女3　――参加します。
男3　じゃあ人形をこちらに置いていただけますか。
女0　何が始まるの？　なんだか修学旅行のミーティングみたいだね。
男1　そんな呑気なものじゃないだろう。

人形（♀）と人形（♂）が人の輪の中心に置かれる。

男3　じゃまず、（男1に）お父さん、こちらにいいですか。
男1　はい。
女0　パパ、頑張って。
男1　……何を、すればいいんでしょうか？
男3　こっちの人形（♂）を刺してください。
男1　刺す？
男3　ええ、これで。（鋭利なナイフを出して見せる）

男1　………。

男3　（女2&男2に）せっかく作っていただいたのに申し訳ないですが、かまいませんよね？

男2　……ええ、まぁ。（女2に）いいよな？

女2　あ……はい。

男3　許可はいただきましたので。（ナイフを渡す）

男1　――ただ、刺せばいいんですか？

男3　はい、お好きなように。

男1、ナイフを受け取って、人形（♂）の太もものあたりを刺す。

男1　……刺しました。

男3　ありがとうございました。

男1　いえ……。（元の場所に戻る）

男3　じゃ、そちらのお父さん。

男2　刺すんですか？

男3　いえ違います。お父さんはこっちの人形（♀）を抱きしめてください。

男2　あ、それでいいんですか？

男3　はい。

男2　どういうふうに？
男3　お好きなように。

　男2、進み出て人形（♀）を抱きしめる。

男2　これでいいんでしょうか？
男3　けっこうです。
男2　失礼しました。（人形♀を戻し、元の場所に戻る）
男3　じゃ続いて（女2を指し）お母さんも。抱きしめてください。
女2　そっちのナイフは抜かないんですか？
男3　それは私がやりますので。お母さんはこっちの人形を。
女2　抱きしめればいいんですね？
男3　お願いします。

　女2、進み出て人形（♀）を抱きしめる。人形を戻して元の場所に戻る。

男3　ありがとうございました。
お伺いしたところ名前はつけてないということでしたが、実は、人形にはあらかじめ名前があります。こっち（人形♀）は「ミチナガ・カオル」です。

男1&女1 ――。

女0 あれ、あたしなんだ。

男3 （男2に）お父さん。

男2 はい？

男3 もう一度抱きしめてください。

男2 え？

男3 もう一度。

男2 いやあの……

男3 拒否なさいますか？

男2 いえ、私はいいんですけど……

男3 （男1&女1に）拒否なさいますか？

男1 （女0に）いいよな？

女0 いいよ。

女1 続けてください。

男1 続けてください。

男2、戸惑いつつ、人形（♀）を抱きしめる。人形を戻して元の場所に戻る。

男3　ではお母さんも。
女2　………。

女2、進み出たところで男1&女1に深々と頭を下げる。
それから人形（♀）を抱きしめる。やがて人形を戻して元の場所に戻る。

男3　祭しはつくと思いますが、（人形♂のナイフを抜いて）こっちは「サカシタ・アツシ」です。
女2&男2　………。
男3　（男1に）お父さん。
男1　はい……？
男3　もう一度、刺してください。（ナイフを差し出す）
男1　――。
女3　やりすぎだわ。
男3　今、拒否権があるのは両方のご両親だけです。
女3　だって。（女2&男2に）いいんですか？
女2　――続けてください。
男2　続けてください。

女0　パパ。
男1　え……？
女0　ひるむことない。練習台にはもってこいだよ。
男3　（男1に）拒否なさいますか？
男1　……。（ナイフを受け取る）

男1、人形（♂）をナイフで刺す。
元の場所に戻り、ハンカチを出して汗を拭く。
男3、そのナイフをゆっくり抜き取る。

男3　ではお母さんも。
女1　あたしもですか？
女3　断っていいのよ、サトコさん。
女0　ママはいいよ。パパが代わりにもう1回練習すれば。
男3　拒否なさいますか？
女0　パパ。
男1　ママが決めることだ。
女1　拒否します。

女2　刺してください。
男2　おまえ……。
女2　お願いします。刺してください。お願いします。
女1　できません。
女2　どうして今日、面会を邪魔したんですか？　あれが奥さんのあたしたちに対する答えなんですか？
女1　……。
女2　刺してください。
女1　できません。
女2　じゃあたしが代わりにやります。

女2、男3からナイフを受け取って、人形（♂）を刺す。何度も突き刺しながら——。

女2　これで明日は面会してくださいますか？　あの子にちゃんと言っていただけますか？　言っていただけますか？

男1、不意に立ち上がると女2からナイフを取って、とどめのように深々と人形（♂）の胸のあたりを刺す。

女2　………。

男1　面会するために旅を始めたんです。3年経ってやっとここまで来ることができたんです。

女2　………。

男1　会いますよ。

女2、弾かれたようにリビングを後にする。

男2　すみません。

男2、女2の後を追う。
女3、立ち上がって男3に詰め寄る。

女3　人権蹂躙だと思います。

男3　人権ってなんですか？

女3　そんなこと……

男3　私も人を殺したことがあります。

女3　え……？

男3　刑務官だったって言いましたよね。死刑執行の経験があるんです。

女3　――。
男3　合法的な殺人ですが、私にとっては「動機なき殺人」です。裁かれることはありませんが、人の命を奪ったことに変わりはありません。アツシ君と同じです。
女3　――。
男3　私の人権ってなんですか？
女3　………。

女3、振り切るようにリビングを出ていく。

男3　いろいろと無礼を働きました。
女1　執行の経験は……何度もあるんですか？
男3　1回です。1回で十分です。
女1　………。
男3　私、ちょっとサカシタさんの様子、見てきます。

男3、男1&女1に一礼して出ていく。

男1　なぜ刺さなかった？

女1　………。
男1　やっぱり刺せないか。
女1　汗が見えたの。
男1　汗……？
女1　（人形♂を見て）あの顔に、顔中にしたたり落ちる汗が見えたの。待合所で見たときも、あいつは汗にまみれてた……。
女0　パパとおんなじだ。
男1　――彼は控訴を取り下げると言いだしたそうだ。
女1　取り下げる？
女0　芝居だよ。
男1　死刑になるつもりらしい。
女0　情状酌量が狙いなんだよ。ほんとに取り下げるはずがない。見え見えだよ。
女1　……そう。
男1　明日は面会に行くのか？
女1　行くわ。

女1、出ていく。

女0　パパ、かっこよかったよ、最後のひと突き。
男1　………。
女0　迷いがなくて、ストライクど真ん中って感じだった。
男1　………。
女0　ね、刺した感触、どうだった？
男1　……覚えてない。
女0　覚えてないの？
男1　……全然、覚えてない。
女0　あたしは覚えてるよ。
男1　——。
女0　はっきり覚えてる。熱湯を浴びせられたようにそこが熱ぅくなって、音がするよ。
男1　音……？
女0　肉の切れる音。血が流れ出る音。
体の内側から直接聞こえてくるから、くぐもった変な音だよ。どんな楽器でも出せない音だよ。
そしてその音を聞いているうちに声が出るよ。

突然、人形（♂）の顔の部分に、男0の顔が浮かび上がる。

男0（人形♂） イッツタァイ、イタァイ、イタイイイイイ、……コロサナイデクダサイ、コロサナイデクダサイ、コロサナイデクダサイ、コロサナイデ……、モウシワケアリマセン。モウシワケアリマセン。モウシワケアリマセン。モウシワケアリマセン。………。

男1&女0、じっと食い入るように人形（♂）＝男0を見ている。
男1、人形（♂）に刺さったままになっているナイフを抜く。
と、男0の顔はたちどころに消えるが、人形の中に何かが入っていることに気づく。

女0 どうしたの……？
男1 何か入ってる……。

男1、人形の胸のあたりを探ると、手紙が束になって、どさどさと落ちる。

女0 手紙だ……。（何通か拾いあげ）あいつの書いた手紙、宛名はパパになってる。
男1 送り返したんだパパが、封も切らないまま、まとめて。

女0、中の1通の封を切って、その文面に目を走らせる。
すると今度はリビングのテレビに、突然男0の顔が浮かび上がる。

男0（モニター）　モウシワケアリマセン。モウシワケアリマセン。モウシワケアリマセン。モウシワケアリマセン……。

男1、男0の顔に目を奪われながら、ハンカチを出して、額や手のひらの汗を拭く。
その様子を見て女0、背負っていたリュックを静かに下ろす。

女0　忘れないで、パパ。
男1　え……？
女0　眠れないパパと起きられないあたし。どっちが不幸？
男1　——おまえのほうだ。
女0　そう。起きられないあたしはとっても不幸せ。………。

女0、リュックの口を開けてひっくり返す。
中からおびただしい量の血が流れ落ちる。
血はみるみる地の底に染みこんでいって、跡形もない。

⑩道程

男1、枕を抱えて立っている。横にはボストンバッグ。

男1　拘置所の面会は朝、8時30分に受付が始まります。
翌日の面会は朝一番で、という予定でしたから早起きはやむなしだったのですが、結局、私は一睡もできませんでした。役立たずで終わった「日常の代表選手」をバッグに押し込み（枕をバッグに詰める）、私はワンボックスカーに乗り込みました。

旅行者たち、荷物を抱えて現れ、車に乗り込む。
運転席に男3、助手席に男1、二列目に女2&男2、三列目に女1&女0、女3が座る。

男1　車の中では誰も、何も、話しませんでした。
ただ、テラハラさんの指示で、それぞれの人形は交換して持っていくことになり、妻たちの抱えているものの大きさの違いだけが、昨日とは違う風景です。
役立たずではいけない、役立たずで終わっては意味がない。そう自分に言い聞かせているうちに、私は再び拘置所へと足を踏み入れたのです。

旅行者たち、車を降りて待合所に向かう。

男1 待合所の空気は前の日よりも冷たく感じました。あちらのご主人がしきりに繰り返す、

男2 よろしくお願いします。お願いします。

男1 という言葉さえ、私には冷え冷えとしたものに感じられました。
「旅の恥は掻き捨て」「旅の恥は掻き捨て」。呪文のように繰り返しました。
そして、私たちは外の待合所でも中の待合室でもほとんど待つこともなく――。

アナウンスが聞こえる。

「1番の番号札をお持ちの方は、1番の面会室にお入りください」

⑪面会室

拘置所の面会室。

男1　拘置所の面会室に入るのは私も妻も初めてです。透明のアクリル板で二つに仕切られた6畳ほどのスペース、寄り添うように三つ並んだパイプ椅子。どれもが初めて見る風景です。なのに不思議と初めて見る気がしないのです。もちろん、サカシタ・アツシと面と向かうのも初めてなのですが、私はすでに何度もあの男と会っているような気がしていて——。

女1、女2が並んで座っている。女0、立ってアクリル板を見つめている。

女2　遅いわね、1番なのに。
男1　……。（女1の隣の椅子に座る）
女2　いつもはもっと早いんですけど。すみません……。
男1　邪魔だな、このアクリル板。
女0　思ったより分厚いね。
男1　分厚い壁の向こうに奴は閉じこめられてるってわけだ。

女0　違うよパパ、あいつは今、この透明の板で守られてるんだよ。
男1　守られてる?
女0　透明な板の向こうで、あいつは自由だ。
女1　来るのかしら。
女0　でももうすぐ、あいつの自由は完全になくなるんだよ。
男1　……。
女2　人形を刺せとテラハラさんが言ったとき、本当はやめてほしかったんです。
男1&女1　——。
女2　でもテラハラさんの言いたいことがわかった気がしたんです。
男1&女1　——。
女2　償いはさせますから。しますから。

がちゃ、とドアの開く音が大きく響き渡る。
作業衣を着た男0が現れる。刑務官に伴われているらしい。
男0、男1&女1と女2に向き合うように椅子に座る。

女2　ミチナガさんのご両親よ。
男0　……サカシタ・アツシです。(一礼する)

男1&女1　……。（小さく礼を返す）

女2　おまえとぜひお話したいということで、わざわざ来てくださったのよ。昨日はちょっといろいろあって面会できなくなったんだけど、母さん、今日は何も言わないから、こちらのご両親の話をよく聞いて。いいわね。（男1&女1に）お願いします。

男1　……ご対面だ。

女0　こいつだよ。

女1　………。

女2　お願いします。

男1、ゆっくりと鬼の顔になって立ち上がる。
女0が殺意のみなぎる顔で見守る中、腕を伸ばしながら男0に近づいていく。
男1の両手はあるはずの透明の分厚いアクリル板を突き抜けて、男0の首をつかむ。
男1、満身の力を込めて、男0の首を絞める……。絞める……。絞める……。
女0、殺意の目でその様子をじっと見る。やがて男0の首がだらりと折れる。
男1、荒い息づかい、上下する肩。

男1　やったな……。

女0　やったね……。

男1、ゆっくりと呼吸を整えながら自分の椅子に戻る。
と、男0の首が何事もなかったかのように起きる。

女1 あなた。

女2 話してください、お願いします。

男1 ——カオル。

女0 何。

男1 パパにはできない。

女0 ………。

男1 パパには人殺しはできない。

女0 ………。

女2 話してください、このままだと打ち切られますからお願いします。

女0 ……無理だよね。

男1 すまない。

女0 守られてるもん、こいつ。

女2 この子は生きて償います。

男0 私に生きる価値はありません。

女2　おまえは黙って聞けばいいの。聞きなさい。
女0　――パパ、旅は終わり？
男1　終わりだ。
男0　私に生きる価値はありません。
女2　何言ってるの、死んだら償うこともできないじゃない。生きるのよ。
女0　終わりか。
女2　ぎりぎりまで生きるのよ。（男1&女1に頭を下げ）お願いします、話してください。
男1　でもまたすぐ新しい旅が始まる。
女0　そのときはカオルもまた連れてってくれる？
男1　パパはずっとおまえと一緒だ。
女0　ママも？
男1　一緒だ。
女1　カオル……？
女2　え……？
女0　じゃまた目覚まし、鳴らしてよ。
男1　わかった。
女1　カオル？
女0　ママ、またね。

女0、面会室を出ていく。女1、女0を追うかのごとく、パイプ椅子から立ち上がる。

女2 なんですか……?

女1 (椅子に座り男0に) 娘を返してください。

女2 ――。

女1 カオルを返してください。

男1 サトコ……

女1 カオルを返してください。

女2 奥さん、静かにしてください。

男1 もういいサトコ。

女1 (立ち上がり) いなくなっちゃったのよ、あの子は永久に、返してくださいっ。

女2 騒がないでください。

女1 返してっ……!

女1、今にも破裂しそうな体、鬼のような顔で、パイプ椅子を振り上げる。

暗転(瞬きするほどの時間)

⑫証人席

女2、証言台に立って「人々」に向かって話している。


女2　叫びながら、あちらの奥さんはパイプ椅子をアクリル板にたたきつけたんです。それで止めに入った刑務官ともみ合いになってしまって——。

やっぱり傷害罪になるんですか、こういう場合でも。

——そうですか。ああ、あたしは全然けがはなかったんですけど、ただ、奥さんの声が、あの声が今も耳から離れないんです、気持ちは痛いほどわかってたつもりでしたから。

あ、はい、私が知っている話はそれで全部です。

いいんですかもう帰って。


女2、深々と頭を下げて証言台を離れる。

男1、証言台に立って「人々」に向かって話している。


男1　私が知っている話はそれで全部です……。

——ひとつ、伺ってよろしいですか？

今回のこの旅行には、いろんな準備、それこそ心の準備期間まで入れると、私は相当の時間を費やしました。その長い時間をこうして今、振り返ってみると、なんとも不思議な思いです。とても長く歩いたような、それでいて実は元いた場所に戻ってきて少しも動いていないような、そんな気がするんです。

旅行者たちが遠くから近づいてくる。
誰もが馬に跨っている。
手綱を何度も何度も引っ張りながら、近づいてくる。

男1　私には今なお殺意があります。でも殺せません。今なお激しいほどの殺意がみなぎっています。なのに殺せません。私は父親として失格でしょうか。私は人間として何かが欠落しているのでしょうか。本当にはっきりと、自分でも驚くほどの殺意があります。なのに殺せません。どうしても殺せません。

女0が、馬に乗った旅行者たちの間を滑るように、前へ、前へと流されていく。
不意に目覚まし時計の音が鳴り響く。
鳴り響く中、旅行者たちも女0も、前へ、前へと流されていく。

■参考文献
『癒しと和解への旅　犯罪被害者と死刑囚の家族たち』坂上香（岩波書店）
『死と生きる　獄中哲学対話』池田晶子・陸田真志（新潮社）
『往復書簡「罪と罰」死刑囚との対話』池田晶子・陸田真志（「新潮45」一九九九年六月号）
『裁判資料　死刑の理由』井上薫（作品社）
『13階段』高野和明（講談社）
『ソクラテスの弁明』プラトン　訳・田中美知太郎（中公クラシックス）
『ホントの話　誰も語らなかった現代社会学』呉智英（小学館）
年報死刑廃止99『死刑と情報公開』（インパクト出版会）
『元刑務官が明かす刑務所のすべて』坂本敏夫（日本文芸社）
『イラスト監獄事典』野中ひろし（日本評論社）
『面会・差入れハンドブック』統一獄中者組合
（http://plaza4.mbn.or.jp/~hannichi/gokuso/handbook.html）
※「新潮45」一九九九年六月号『往復書簡「罪と罰」死刑囚との対話』からは、陸田真志氏の手紙の一文を引用させていただきました。感謝申し上げます。
■引用歌
『憧れのハワイ航路』作詞・石本美由紀／作曲・江口夜詩
『学園天国』作詞・阿久悠／作曲・井上忠夫
『花（すべての人に心の花を）』作詞・喜納昌吉／作曲・喜納昌吉

上演記録

【初演】２００２年３月９日〜17日　THEATER/TOPS

CAST
女０＝娘　関谷美香子
男１＝その父　奥村　洋治
女１＝その母　長田　マキ
男０＝息子　高久慶太郎
女２＝その母　山下　夕佳
男２＝その義父　小林　立樹
女３＝付添人　福留　律子
男３＝案内人　重藤　良紹
女４＝待合の女　青山麻維子

STAFF
作・演出　古城　十忍
美術　礒田　央
照明　磯野　眞也
音響　黒沢　靖博
映像　後藤　輝之
映像音声　野中　正行
衣装　豊田まゆみ
舞台監督　尾崎　裕
舞台監督助手　端場久美子／小嶋朋子
イラスト　古川　タク
デザイン　西　英一
スチール　富岡　甲之
舞台写真　中川　忠満
制作　岸本匡史／西坂洋子／藤川華野

あとがきにかえて

その夜、楽しみに出かけた映画が思いのほかつまらなくて、渋谷駅近くの路地裏の、隠れ家のような一杯飲み屋で友人と二人、退屈な映画の話を肴に酒を飲んでいた。

僕らは一つしかない三畳ほどのささやかな座敷に陣取り、五人も座ればすし詰めのカウンターにも訳ありげなカップルがひと組いるだけで、ＢＧＭのない小ぢんまりとした店内には、外の喧噪とは裏腹の、のんびりとした時間だけがゆらゆらと流れていた。

訳ありカップルが帰り、終電まではまだ間があるなと確認した頃、店主の親父さんがラジオを小さくつけて言った。

「うるさかったら切るけど」

あ、どうぞ、気になりませんから。そう答えて僕らは鮎の甘露煮を注文し、映画の話題から自然の流れのように行き着いた、互いの仕事の愚痴をだらだらとまた話しはじめた。

ほどなくして親父さんが甘露煮を持ってきながら、なんかアメリカで大変なことが起こってるようだよと言った。大変なこと……？

「なんか、ビルが火事になったか、飛行機が墜落したか、したらしいよ」

へぇ、と心半分に答えたところに携帯電話が鳴って出てみると、電話の向こうから別の友人が藪から棒にすっとんきょうな声で、「おい今、テレビ見てるか？」と言った。

このようにして僕は、2001年9月11日、アメリカで起こった同時多発テロを知った。帰宅してからは一晩中、テレビの前に釘付けになり、見てきた映画よりもはるかに映画的な画面を、これは現実、これはノンフィクションと、熱に浮かされたように見つめていた。

数日後には前々から予定していた仕事で10日間ほど中国へ出かけたのだが、毎晩ホテルに戻ってはCNNとNHKをザッピングしつつ、飽きることなくテレビを見続けた。見ていないと、何か大きなうねりがどこからか押し寄せてきて、右も左もわからないまま呑みこまれてしまいそうな気がして、体の中がざわざわした。ざわざわとした心を落ち着かせたかった。

だがやがて、「これは戦争だ」と言い切ったブッシュ大統領の支持率が急上昇し、あろうことか戦争の上に「正義」の名がつけられるようになり、ついにはアフガニスタンへの空爆が開始されるに至り、僕はかなり唐突に、次の一跡二跳公演は急遽予定を変えて『奇妙旅行』にしようと決めた。この芝居は2004年の上演を目指していた企画だったが、どうしても今やらなければいけない、そんな衝動にざわざわっと突き動かされた。

『奇妙旅行』は設定もストーリーも、改めてお断りするまでもなくフィクションであり、アメリカ同時多発テロに端を発する世界の動向とは、事象としてはまるで関係ありません。ですが、根っこの深いところではどこかしっかりと通底しているように思えます。

許せない、という思い。どうしても許せない、という感情。だけど、その「許せない」という怒りを許す道はないものか。道は本当に探せないものなのか——。

その根っこに降りていって考えることで、死刑制度が是か非か、罪なき被害者遺族をどう救済するのか、加害者の人権をどう守るのか、そういったことにきちんと向き合うことになれば、これは大いに意味のあることだと思いました。だからこそ舞台化することを目指し、近いうちに戯曲を書いてみようと考えていたのです。

けれど根っこで共通する部分があっても、戦争は絶対に「非」です。わざわざ向き合うまでもなく、議論を待つまでもなく、誰が何と言おうと、絶対にあってはならないと僕は叫びます。

この戯曲の設定にあるような当事者同士ではないのですが、肉親を殺された被害者の家族たちと死刑囚の家族たちが集まって一緒に旅をするという取り組みが、アメリカでは実際に行われています。その旅は「ジャーニー・オブ・ホープ」と名づけられています。同時多発テロ以降、アメリカという国がこの先、「希望」を目指して進んでいくのかどうか、今もって気になって仕方ありません。体の中のざわざわは消えることなく、まだまだ毛虫のごとくうごめいています。

2003年1月11日　古城十忍

古城　十忍（こじょう・としのぶ）
1959年、宮崎県生まれ。熊本大学法文学部卒。
熊本日日新聞政治経済部記者を経て1986年、劇団一跡二跳を旗揚げ。
以来、作家・演出家として劇団公演の全作品を手がけている。
代表作に「眠れる森の死体」「ＳとＦのワルツ」「アジアン・エイリアン」「平面になる」など。
連絡先　〒166-0015 東京都杉並区成田東４－１－55 第一志村ビル1F
劇団一跡二跳　電話 03-3316-2824
【URL】http://www.isseki.com/
【e-mail】XLV07114@nifty.ne.jp

奇妙旅行

2003年３月25日　第１刷発行

定　価　本体1500円＋税
著　者　古城十忍
発行者　宮永捷
発行所　有限会社而立書房
東京都千代田区猿楽町２丁目４番２号
電話 03（3291）5589／FAX03（3292）8782
振替 00190-7-174567
印　刷　有限会社科学図書
製　本　大口製本印刷株式会社

落丁・乱丁本はおとりかえいたします。

ISBN 4-88059-294-3 C0074
装幀・神田昇和